ADELE,

OU

LES MÉTAMORPHOSES,

COMÉDIE

EN UN ACTE ET EN PROSE,

MÊLEE DE VAUDEVILLES.

Par le C. L. P. SÉGUR l'aîné.

Représentée, pour la première fois, sur le Théâtre du Vaudeville, le 14 Frimaire, an 8.

Prix 1 Franc 50 centim. avec des Airs notés.

A PARIS,

Chez le Libraire au Théâtre du Vaudeville, rue de Malthe;
Et à son Imprimerie rue des Droits-de-l'Homme, n°. 44.

AN VIII.

Les Exemplaires ont été fournis à la Bibliothèque nationale.

PERSONNAGES.	ARTISTES. CC. et Cne.
ADELE, jeune Veuve.	*Sara.*
ARMAND, jeune Officier, amoureux d'Adèle.	*Henry.*
RICHARD, vieux domestique d'Armand.	*Lenoble.*
DUPRÉ, pere d'Armand, vieux élégant.	*Rosière.*
MICHEL DUPRÉ, Fermier, oncle d'Armand.	*Duchaume.*
Madame DUPRÉ, mère d'Armand.	*Duchaume.*

La Scène est à Strasbourg, dans la maison d'Adèle.

ADELE,

OU

LES MÉTAMORPHOSES,

COMÉDIE.

SCENE PREMIERE.

RICHARD, ARMAND.

ARMAND.

NON, je ne fus jamais si gai de ma vie.

RICHARD.

Je ne sais pas trop pourquoi. Je gage que c'est quelque nouvelle....

ARMAND.

Folie! Achève donc; ne te gêne pas, mon pauvre Richard.

AIR: *Des deux Jumeaux.*

Ami, ton âge t'autorise
A parler sans déguisement.
Je reconnais, à ta franchise,
L'excès de ton attachement.
On ne dit vrai qu'aux gens qu'on aime;
La vérité fuit les méchans.
C'est pour cette raison là même
Qu'on la dit à si peu de gens.

RICHARD.

Ma foi, puisque le mot est lâché, oui, je parie que c'est quelque tour de jeune homme que vous avez fait.

ARMAND.

Il me semble qu'à mon âge, c'est ce que je puis faire de mieux. D'ailleurs, crois-moi, la prudence calcule toujours, et se trompe souvent. La témérité ne calcule jamais, et réussit toujours. Aussi je te l'ai prédit, j'en étais sûr; avant deux jours, la main de la jeune Adèle m'appartiendra.

RICHARD.

Voilà bien la présomption de la jeunesse. Récapitulons; vous vous laissez emporter à votre fougue au siège de Khell; vous y recevez deux coups de bayonnettes; vous obtenez qu'on vous loge à Strasbourg chez une aimable veuve, qui vous prodigue les soins les plus généreux; vous poussez la reconnaissance jusqu'à l'amour : elle veut vous rendre la raison, et votre délire augmente; vous l'attaquez, elle résiste; vous proposez le mariage, on vous refuse; qu'espérez-vous? Croyez-vous que cette belle veuve épousera un jeune homme de vingt ans sans l'aveu de ses parens?

ARMAND.

Pourquoi pas?

RICHARD.

Elle a une trop bonne tête pour cela.

ARMAND.

Il n'y a plus de bonne tête quand l'amour la tourne. D'ailleurs, Adèle, malgré ses principes, est presqu'aussi vive, presqu'aussi gaie que moi. Nous avons les mêmes goûts, nous chantons, nous jouons ensemble la comédie. Crois-moi, je suis en tout point le mari qui lui convient.

RICHARD.

Vos parens n'y consentiront jamais.

ARMAND.

Oh! j'ai trouvé un moyen qui leur fera entendre raison.

RICHARD.

Je crois que ce moyen-là est merveilleux. Songez-vous à l'opposition de leurs différens caractères?

AIR : *Du petit Matelot.*

Jamais on ne voit votre père
Faire ce que sa femme veut.
En revanche aussi votre mère
Le contredit tant qu'elle peut.
Ce que l'un ou l'autre desire
Votre oncle le blâme d'abord.
Ce n'est que pour vous contredire
Qu'on les voit tous les trois d'accord.

ARMAND.

Eh bien, ma volonté sera leur point de réunion.

RICHARD.

Vous vous abusez ; croyez-moi.

ARMAND.

Oh non, je les connais bien; ma mere n'aime que le commerce, l'argent, la médisance et les vieux usages; mon pere est fou des talens et des nouvelles modes; il veut à cinquante ans rivaliser tous les agréables de Bagatelle et de Tivoli. Mon oncle enrage de nous voir habiter la ville; il est resté fermier, et il n'aime que les champs et le village dont il a gardé le ton, les habits et la grosse gaieté. Ces portraits ne sont-ils pas de main de maître?

RICHARD.

Oui, et même de petit-maître.

ARMAND.

Quoi, des calembourgs! Mon vieux Richard, tu te gâtes avec moi; mais rassure-toi, j'attends des lettres de Paris, vas voir à la poste si elles sont arrivées: tu me diras, quand je les aurai lues, si ma folie ne vaut pas mieux que ta prudence.

RICHARD.

Je le souhaite, mais je n'en crois rien. Je le prévois, vous serez deshérité, prenez y garde.

AIR: *Du Serin qui te fait envie.*

D'avoir excité cet orage
Vous vous repentirez un jour,
Croyez qu'un solide héritage
Vaut bien mieux qu'un frivole amour;
Je ne fus jamais trop avare,
Mais vous conviendrez qu'a présent
Ce qu'on voit par-tout de plus rare,
C'est ma foi la paix et l'argent. (*bis*)

ARMAND.

Ne crains rien j'aurai tout, mais dépêche-toi.

(*Richard sort.*)

SCENE II.

ARMAND, *seul.*

Je vais voir, ma chère Adèle; ah! qu'elle tarde à paraître! Cependant mon impatience est mêlée de quelque crainte; il faut lui avouer ce que j'ai tenté. Que dira-t-elle?

AIR : *Jeune fille qu'on marie.* (Rondeau du Prisonnier.)

Non , les belles n'aiment guère
Qu'un amant soit trop discret ;
En craignant trop de déplaire,
Bien souvent on leur déplait.

Mon Adèle va m'entendre,
Je serai galant et tendre ,
J'embrasserai ses genoux ,
Et mon air soumis et doux
Saura calmer son courroux ;
Elle blâmera mon audace,
Bientôt l'Amour obtiendra ma grace ;
A mes sermens, à mes sermens on se rendra,
Et l'on s'appaisera.

Non , les belles n'aiment guere, etc.

Il suffit qu'elle m'écoute :
D'abord elle tremblera ,
Puis de mon succès n'aura ,
N'aura plus le moindre doute.
Le succès justifiera
Mon heureuse étourderie.
L'amour enfant de la folie, (*bis*)
Sans rien redouter
Doit tout tenter.

Non , les belles n'aiment guère , etc.

SCÈNE III.

ADÈLE , ARMAND.

ADELE.

On dit, Armand , que vous voulez me parler ?

ARMAND.

Oui , je vous attendais avec impatience.

ADELE.

Mais d'où vient cette joie qui brille dans tous vos traits ?

ARMAND.

Elle vous annonce l'excès de mon bonheur ! Enfin, je puis tout vous dire ; je me suis long-tems contenu ; mais je n'ai plus rien à vous déguiser ; vous allez être à moi, et tous mes vœux seront comblés.

ADELE.

Mais je crois vraiment que vous perdez la raison.

ARMAND.

Il y a long-tems que j'ai fait cette perte-là ; mais on ne peut-pas la regretter quand l'amour et le bonheur la remplacent.

ADELE.

L'amour et le bonheur, c'est beaucoup dire : ils se trouvent rarement ensemble ; mais vous avez donc reçu des nouvelles plus heureuses de vos parens ?

ARMAND.

Non, mais je vais en recevoir, leur consentement est sûr.

ADELE.

Fort bien. C'est-à-dire que ce prétendu bonheur n'est encore qu'un rêve de votre imagination.

ARMAND.

Oh ! non, il est très-réel, et c'est le fruit de mon adresse.

ADELE.

Comment ?

ARMAND.

Oui, las de gémir, de me désespérer, ce qui est à la longue fort ennuyeux; furieux de ne pouvoir ni triompher de votre rigueur, ni vaincre l'entêtement de ma famille, j'ai voulu, j'ai osé, j'ai su renverser toutes ces barrières; enfin, j'ai fait un coup de maître.

ADELE.

Je parie que c'est un coup de tête.

ARMAND.

Cela revient au même.

ADELE.

Dites donc promptement ce que vous avez fait.

ARMAND.

On ne peut refuser que ce qu'on demande; on ne peut défendre que ce qui est à faire, n'est-il pas vrai?

ADELE.

Achevez, que voulez-vous dire?

ARMAND.

Que je vous ai mis dans l'impossibilité de me résister davantage. J'ai imaginé d'écrire à mon pere, qu'entraînés par une passion irrésistible, nous nous étions unis.

ADELE.

Oh, ciel!

ARMAND.

Que notre mariage était fait.

ADELE.

Grand dieu, quelle étourderie!

ARMAND.

Vous voyez qu'il n'y a plus à balancer, que vous ne pouvez plus vous en dédire, et que je n'ai plus besoin de consentement, mais de pardon. Quand on aime, cela ne se refuse pas.

ADELE.

Non, je ne puis vous pardonner cette audace.

ARMAND.

Elle réussira.

ADELE.

Votre légèreté nous perd.

ARMAND.

Elle nous sauve au contraire.

ADELE.

Vous avez osé faire une pareille fable ?

ARMAND.

Faites-en une vérité.

ADELE.

Vous compromettez ma réputation.

ARMAND.

Notre hymen la mettra à l'abri de tout soupçon.

ADELE.

Ne l'espérez pas, vous serez la dupe, comme je serai la victime de votre coupable artifice ; et votre famille.....

ARMAND.

Ne craignez rien ; voici mes lettres et ma justification ; car on est toujours approuvé quand on a réussi.

SCÈNE IV,

RICHARD et LES PRÉCÉDENS.

RICHARD.

TENEZ, voilà votre arrêt.

ARMAND.

Oui, qui me fait gagner ma cause,

ADELE.

Allons, lisez vite, je tremble.

RICHARD.

Ne le pressez pas tant, on n'apprend que trop tôt les mauvaises nouvelles.

ARMAND, *après avoir lu.*

Oh! dieu, je suis confondu, anéanti!

RICHARD.

Je vous l'avais prédit.

ADELE.

Montrez-moi cette lettre.

ARMAND.

Non, de grace, ne la lisez pas; elle est si étrange, si choquante, si déplacée, elle vous irriterait contre ma famille et peut-être contre moi.

ADELE.

Donnez, donnez, je le veux.

(Elle lit.)

Je crois, mon fils que vous avez perdu la tête;

pour la première fois de la vie, j'ai trouvé de la raison à votre mère et du bon sens à votre oncle ; vous avez fait un prodige ; nous sommes tous trois d'accord pour vous déclarer que nous ne consentirons jamais à la folie que vous fait faire, sans doute, une coquette, une aventurière, qui abuse de votre jeunesse et de notre éloignement. Nous serons à Strasbourg presqu'en même-tems que notre lettre, et nous saurons bien vous ramener à votre devoir, et rompre un prétendu lien que vous n'aviez pas le droit de contracter sans notre aveu et qui est nul de toute nullité.

ADELE.

Eh bien ! vous l'entendez ?

ARMAND.

Je suis perdu.

RICHARD.

Ma foi, vous avez besoin de tout votre courage ; en passant devant le Lion d'or, j'ai vu descendre de la diligence votre père, votre mère et votre oncle : ils vont sûrement venir ici. Quel assaut à soutenir !

ARMAND.

Je le redoute moins que votre colère ; elle est juste, mais rien ne pourra-t-il la fléchir ?

ADELE.

Ne l'espérez pas. Je rougis de ma tendresse ; voyez à quelle éclat votre folle témérité m'expose : ne paraissez plus devant moi.

ARMAND.

Adèle, ne m'abandonnez pas.

ADELE.

Non, sortez, il le faut ; quittez sur-le-champ une

maison où vous avez porté le trouble et le malheur ; retournez à votre quartier, je le veux.

ARMAND.

AIR : *Jetez les yeux sur cette lettre.* (de Molière à Lyon.)

Ecoutez-moi, ma chère Adèle !

ADELE.

Je ne veux plus vous écouter.

ARMAND.

Arrêtez, arrêtez, cruelle !

ADELE.

Non, non, rien ne peut m'arrêter ;

ARMAND.

Mais mon amour me justifie,
C'est lui seul qu'il faut accuser.

ADELE.

Une aussi coupable folie
Ne saurait jamais s'excuser.

TRIO.

AIR : *Il faut partir, adieu, ma Laure.* (de la Fille en loterie.)

ADELE.	ARMAND.	RICHARD.
Mon courroux juste autant qu'extrême	Calmez cette colère extrême,	Calmez cette colère extrême,
Jamais ne sera désarmé ;	Rassurez mon cœur alarmé :	Rassurez son cœur alarmé :
Peut-on faire croire qu'on aime,	On ne peut vouloir quand on aime,	Voyez à quel point il vous aime,
En offensant l'objet aimé.	Offenser un objet aimé.	Et combien il doit être aimé.
Votre légèreté me blesse ;	Si ma légèreté vous blesse,	Si sa légèreté vous blesse,
Un cœur vrai n'a point de détour ;	Mon cœur n'eut jamais de détour ;	Voulez-vous donc à votre tour,
Et l'amour sans délicatesse	Et c'est l'excès de ma tendresse	Punir l'excès de sa tendresse.
Ne fut jamais qu'un faux amour.	Qui me rend coupable en amour.	En le privant de votre amour.

ADELE.

Sortez, je vous le répète.

ARMAND.

Adele, vous m'êtes plus nécessaire que l'air que je respire.

ADELE.

Eh bien ! prouvez-moi votre amour par votre obéissance.

ARMAND.

J'obéis ; cet exil sera-t-il éternel ?

ADELE.

Je n'en sais rien ; mais laissez-moi, je le veux. Vous, Richard, ne vous éloignez pas.

RICHARD.

Non, Madame.

(*Ils sortent.*)

SCÈNE V.

ADELE, *seule.*

QUEL éclat! et que faire? Armand, Armand, vous êtes bien coupable, oui, mais vous êtes aimé; ma raison vous condamne, et mon cœur vous justifie; je ne devrais plus songer à vous, et je souffre autant que vous-même, en vous éloignant de moi; vit-on jamais un jeune homme plus étourdi? Cela n'est que trop vrai, mais il est si aimable, si tendre, enfin il m'est si cher, que je ne puis renoncer à lui.... Mais ses parens? Ah! c'est contre eux que je suis vraiment en colère, ils me traitent d'une manière..... j'en suis sérieusement piquée; si je pouvais les punir, et comment... Mais, en parvenant à leur plaire. Attendons.... l'idée est plaisante..... mais l'exécution difficile.... Ce sont trois originaux d'un caractère si bizarre: eh bien! c'est ce qui fonde mon espérance; ils ne me connaissent pas; moi, sans les avoir vus, je les connais parfaitement; au fond je ne risque rien, l'éclat est fait, et il faut tout tenter pour le réparer. Richard!....

SCÈNE VI.

ADELE, RICHARD.

ADELE.

RICHARD, tu crois donc que les parens d'Armand vont venir ici?

RICHARD.

Je suis surpris qu'ils n'y soient pas déjà ; ils sont d'une colère ?

ADELE.

Crois-tu qu'ils viennent ensemble ?

RICHARD.

Oh ! bien oui ensemble ; c'est ce qu'on ne voit jamais : je ne sais pas comment ils auront pu seulement rester dans la même diligence ; leur courroux a fait un miracle : je parie que le père est à sa toilette ; la mère à compter son argent ; et l'oncle seul est déjà en chemin je gage, et le trouve trop long : il est si impatient ; le tems ne va jamais assez vite pour lui.

ADELE.

Sais-tu garder un secret ?

RICHARD.

AIR : *La Boulangère.*

Ne craignez rien, je suis discret,
Le secret d'une amie
De ma bouche ne sortirait,
Jamais qu'avec ma vie.
Le secret d'un indifférent,
Je le garde encor très-aisément,
Car d'abord je l'oublie.

ADELE.

Je te crois ; ne dis donc rien à ton maître de ce que tu vas voir, jusqu'à ce que je te le permette. Dès que les parens d'Armand viendront, avertis-moi ; et s'ils te questionnent, ignore tout, excepté l'absence de ton maître.

RICHARD.

Et le mariage supposé, le nierai-je ou le confirmerai-je ?

ADELE

ADELE.

Ignore tout, te dis-je. (*Elle sort.*)

RICHARD.

Fort bien ; il y a tant de gens qui feignent de savoir ce qu'ils ignorent : je trouve bien plus aisé d'avoir l'air d'ignorer ce que je sais.

SCÈNE VII.

RICHARD, *seul.*

C'EST cependant une chose bien extraordinaire que la vie qu'on mène.

AIR : *De la Soirée orageuse.*

Si chacun voulait s'entr'aider,
Que tout irait bien dans le monde ;
Mais, hélas ! loin de s'accorder,
L'un l'autre, toujours on se fronde.
Le pauvre hait l'homme opulent,
Et le riche le mésestime ;
Le faible trompe trop souvent,
Et toujours le puissant opprime.

A tous nos jeunes soupirans
Le plaisir seul est nécessaire,
Tandis que de leurs vieux parens
L'avarice est l'unique affaire.
Le jeune-homme rit du barbon,
Le vieillard le gronde et l'envie,
Et chacun du nom de raison,
Baptise toujours sa folie.

Mais quel est ce train que j'entends ? oh ! c'est, je le parie, notre campagnard, l'oncle de mon maître ; nous allons avoir un beau tapage.

SCENE VIII.

RICHARD, MICHEL DUPRÉ.

MICHEL.

ENFIN m'y voici; morbleu, je croyais ne jamais arriver; toutes ces villes sont d'une longueur à traverser. Je ne sais pourquoi on a la fureur de se renfermer dans ces maudites carrières. Ah! Richard, bon jour; eh bien ! je l'avais prédit ? Voilà ce que c'est que de quitter le toît de ses pères.... Si mon frère était resté dans sa ferme, mon neveu ne serait pas devenu la dupe d'une coquette. Où est-il, où est-elle, que je les voye, que je leur lave la tête; que je les mette à la raison; que je les sépare, et que je m'en retourne, car je suis diablement pressé. Eh bien ! tu ne dis mot, parle; réponds-moi donc, finiras-tu ?

RICHARD.

A quoi voulez-vous que je réponde, vous parlez si vite, que je n'ai pas même le tems de vous entendre.

MICHEL.

Où est cette Adele, cette écervelée, cette héroïne de romans, qui a ensorcelé mon neveu !

RICHARD.

Je ne sais pas si elle est ici.

MICHEL,

Qu'elle soit au diable si elle veut: mais mon neveu où est-il ?

RICHARD.

Je l'ignore; il n'est pas dans cette maison.

MICHEL.

Comment ! n'y loge-t-il pas !

RICHARD.

Il y logeait, mais je ne sais s'il y logera encore.

MICHEL.

Ceci est drôle ; ne se dit-il pas marié avec cette Adèle ?

RICHARD.

Vous devez le savoir mieux que moi.

MICHEL.

Oh ! je vois qu'on ne peut rien tirer de cet homme, il a juré de parler sans rien dire ; c'est ce qu'on apprend à la ville ; je t'avertis que ces réponses normandes m'ennuient. Cours me chercher Armand ; je veux absolument le voir ; et s'il me fait trop attendre, c'est à toi que je m'en prendrai.

RICHARD, *sortant.*

J'y cours, mais je ne réponds de rien.

SCENE IX.

MICHEL, *seul.*

A LA campagne, on n'a qu'un langage : il n'en est pas de même ici.

AIR : *C'est là, c'est là que je l'attends.* (de Molière.)

Ce qu'on y trouve de charmant
N'est rien que fard et qu'imposture.
Ce qu'on y dit, ce qu'on y sent
Est toujours loin de la nature.

Les prestiges, à chaque pas,
Y trompent l'œil le plus habile;
Les cœurs, les esprits, les appas,
Tout est bien menteur à la ville.

Mais quelle est cette jeune fille? Elle a la candeur villageoise qui me plaît; nos merveilleuses appelleraient cela de la gaucherie.

SCENE X.

ADELE, *en paysanne*, MICHEL.

MICHEL

QUE cherchez-vous, ma belle enfant?

ADELE.

Je vous fais excuse si je vous dérange, monsieur; je cherche madame Adèle.

MICHEL.

Et moi je compte aussi la voir; vous ne me dérangez pas du tout, et nous pouvons l'attendre ensemble.

ADELE.

C'est bien de l'honneur pour moi; je n'ose pas.

MICHEL.

Est-ce que j'ai une mine à vous faire peur?

ADÈLE.

Au contraire, vous avez une physionomie de bonté qui me rassure.

MICHEL.

Une physionomie de bonté, elle m'enchante; j'aime mieux cela que toutes les phrases des mijaurées de la ville. Demeurez-vous loin d'ici?

ADÈLE.

Je suis d'un village voisin ; on m'appelle Claudine Dumont, fille de Mathurin Dumont, fermier de madame Adèle ; je lui apporte de tems en tems des fruits et des fleurs.

MICHEL.

Et votre père est-il un peu riche ?

ADÈLE.

AIR : *Avec les jeux dans le village.*

Il a les plus gras pâturages,
De bons chiens, de douces brebis ;
Il a les plus rians ombrages,
Et beaucoup de fleurs et de fruits.
De nos cœurs remplis de tendresse,
Disposant tout comme du sien,
Il est riche, si la richesse
Consiste à ne desirer rien.

MICHEL.

Même Air.

Claudine, il n'est point d'opulence
Qui vaille la sienne à mon goût ;
Doux travail, repos, jouissance,
La nature lui donne tout.
D'accord avec sa conscience,
Il dort en paix et vit content ;
Et des heureux du jour, je pense,
Bien peu pourraient en dire autant.

Cette madame Adèle n'est pas comme vous, n'est-ce pas ? On la dit un peu étourdie, un peu coquette.

ADÈLE.

J'ai bien assez de songer à ce qu'on ne puisse pas dire avec raison du mal de moi, et je n'en pense jamais des autres, sur-tout sans les connaître.

MICHEL.

Diable ! je crois que, sans avoir l'air d'y toucher, elle me fait une leçon ; mais c'esr avec tant de douceur qu'elle m'en plait davantage. Ecoutez ; ce que j'en disais n'est pas tout-à-fait sans raison ; car on assure qu'elle a tourné la tête à un jeune homme auquel je m'interese : vous qui venez ici souvent, n'avez-vous pas vu le jeune Armand ?

ADÈLE.

Vraiment oui, je l'ai vu..... et souvent ; il est intéressant, généreux, son cœur est excellent ; il était blessé, il nous a long-tems inquiété ; tout le monde en disait tant de bien !

MICHEL.

Comme vous en parlez avec feu ; je crois qu'il vous a plu.

ADELE.

Eh ! comment ne plairait-il pas ? il est si doux, si obligeant, si aimable !

MICHEL.

De sorte que s'il vous avait aimé, votre petit cœur n'aurait pas été fort en sûreté : mais vous rougissez, quelques larmes s'échappent de vos yeux ; allons, mon enfant, ne craignez rien, dites-moi tout, je suis son oncle ; et s'il vous a fait quelque chagrin, croyez que je suis disposé à le réparer.

ADELE.

AIR : *Chantez, dansez, amusez-vous.*

On prétend qu'à ces chagrins-là,
Hélas ! il n'est point de remède ;
A ce mal je sens trop déjà
Qu'il faut malgré soi que l'on cède ;
Et bien qu'il fasse trop souffrir,
On ne voudrait pas en guérir.

MICHEL.

La pauvre petite ! il vous a donc parlé d'amour ?

ADÈLE.

Hélas ! oui : je ne sais pas comment cela s'est fait, mais il a deviné que je l'aimais quand moi je le savais à peine encore.

MICHEL.

Le malheureux ! et il vous a trompée.

ADELE.

Même Air.

Mon Armand n'est point un trompeur,
Je pouvais juger sa tendresse
Car tout ce qu'éprouvait son cœur,
Le mien me le disait sans cesse.
Et peut-on se tromper sur rien,
Quand tous deux on s'entend si bien ?

MICHEL.

Que son ingénuité me touche !

ADÈLE.

Mais bien que mon père soit à son aise et notre famille honnête, Armand m'a franchement assuré qu'il fallait tous deux renoncer à être heureux, parce que son père et sa mère ne permettraient jamais qu'il se mariât avec une fille de la campagne.

AIR : *Jetez les yeux sur le portrait.* (de Doche, dans les Dîners du Vaudeville.)

Renfermant depuis dans nos cœurs
Un sentiment si doux, si tendre,
Nos yeux ont bien versé des pleurs,
Et je ne puis encore comprendre
Pourquoi les villes, de tous tems,
Ont ainsi méprisé les champs.

MICHEL,

Les pauvres enfans ! et bien, voilà le fruit d'un sot orgueil.

AIR : *Ainsi jadis un grand prophète.*

Je ne vois par-tout qu'impudence,
Qu'avarice et que vanité ;
On se moque de l'innocence,
Et l'on marchande la beauté.
Trompés dans leurs extravagances,
Que de fous avec leurs trésors,
Croyant payer des jouissances,
N'ont acheté que des remords.

ADELE.

C'est trop vrai.

MICHEL.

Armand trouvait le bonheur, la folie l'en éloigne, mais c'est ce que je ne souffrirai pas ; certes je ne le souffrirai pas, je saurai bien....

ADELE.

Votre colère me fait trembler ; que voulez-vous donc faire ?

MICHEL.

Ne craignez rien, ma chère, mon frère et ma sœur ont perdu le sens.

AIR : *Amusez-vous, jeunes fillettes.*

Mais quoiqu'ils puissent faire et dire
Leurs efforts seront impuissans ;
Le pauvre Armand est en délire,
Je saurai le rendre au bon sens.
Je veux, quoique sa mère en gronde,
Qu'il soit heureux dès aujourd'hui ;
Malgré son père et tout le monde,
S'il le faut, même malgré lui.

ADELE.

Hélas ! ils n'y consentiront jamais.

MICHEL.

Oh ! je vais dresser une bonne donation qui fera deux heureux. Si tout le monde n'est pas fou ; si tout le monde extravague, morbleu, je leurs romps en visière, et j'envoie au diable toute la famille ; mais ne craignez rien, vous dis-je. Elle est charmante.... O les extravagans, avec leur rouge, leurs schalls, leurs grecques, leur or, leurs diamans, auront-ils un trésor comme celui-là ? Elle est fraîche, douce, simple ; elle est charmante ! (*Il sort.*)

SCENE XI.

ADELE *seule*, *et* RICHARD *ensuite.*

Je crois que l'oncle est à nous. La victoire n'était pas difficile ; c'est un si bon homme ; sa franchise me fait presque rougir. J'ai toujours détesté l'artifice ; mais pourquoi ce scrupule ? mon intention est pure, et mon adresse n'est point coupable.

AIR : *Vaudev. des deux Veuves.*

Ah ! quel bonheur si désormais,
Chacun adoptant mon systême,
Ici l'on ne trompait jamais,
Que pour rendre heureux ce qu'on aime.
Mais à s'attraper tour-à-tour,
Aujourd'hui par-tout on s'occupe ;
En affaire comme en amour,
Tout le monde est trompeur ou dupe.

RICHARD, *accourant.*

Prenez garde à vous ; voici la mère ! elle a tant d'humeur, que je n'ose pas l'aborder. Le baromètre est à la tempête.

ADELE, *sortant avec lui.*

Eh bien, viens avec moi.

SCÈNE XII.

Madame DUPRÉ, *seule.*

QUEL maudit voyage ! il me ruine. Oh ! quel siècle que le nôtre ! Que de têtes à l'envers ! Il n'y a plus de bon sens, plus d'économie nulle part ; le peu d'argent qu'on a, on le jette par les fenêtres, et on manque de tout. Voyez cette maison, quel désordre ! Par le tems qu'il fait, tout est ouvert, et l'on ne trouve personne à qui parler.

AIR : *Buvons à tire larigo.*

Oh ! bon dieu, que tout est changé ;
Comment s'y reconnaître ?
On n'est ni servi, ni logé,
Et tout valet est maître.
Les mœurs, la raison,
Même la saison,
Tout prend une autre face ;
L'été n'est plus chaud,
L'hiver vient trop tôt,
Rien ne reste à sa place.

Il faudra cependant bien qu'à la fin il vienne quelqu'un ici Sonnons. (*Elle sonne.*) Ils sont sourds . . (*Elle sonne d'un autre côté.*) On ne répond pas. Mon fils est un étourdi ; sa belle est sûrement une jeune folle aussi légère que lui. Il est tout simple que leurs valets leur ressemblent, et que personne ici ne sache ce qu'il fait. Voici cependant quelqu'un qui a l'air raisonnable.

SCENE XIII.

ADELE *en vieille, et Madame* DUPRÉ.

ADELE *en vieille.*

PEUT-ON savoir ce que cherche madame ?

Madame DUPRÉ.

Vous êtes bien bonne, madame. Je voulais parler à nn jeune homme qui demeure ici, ou à une dame à qui appartient cette maison.

ADELE.

C'est à moi, madame.

Madame DUPRÉ.

Vous me surprenez; on m'en avait fait un tout autre portrait. Quoi ! c'est vous qui vous nommez madame Adèle ?

ADELE.

Non, madame. Je me nomme Dufour ; mais je crois que vous voulez parler d'une de mes locataires, d'une jeune femme ; elle ne tardera peut-être pas à rentrer : cependant je n'en voudrais pas répondre.

Madame DUPRÉ.

Je le crois. Toutes ces jeunes personnes ont un train de vie si étrange.

ADELE.

Dès le matin elles sortent ; elles courent les ventes, elles vont à deux où trois déjeûnés ; enfin, elles sont bien par-tout, excepté chez elles.

Madame DUPRÉ.

La jeunesse ne songe en effet qu'à s'amuser, et nous laisse tous les embarras de la vie.

ADELE.

AIR : *Daignez m'épargner le reste.*

Tous les ménages sont déserts;
Nos jeunes gens, dans leur folie,
Au spectacle, aux jeux, aux concerts,
Aux bals, aux thés passent leur vie.
Quand pour leur bien nous travaillons,
L'amour seul occupe leurs veilles;
Du monde ils sont les papillons,
Et nous en sommes les abeilles.

Madame DUPRE.

Vous avez raison, c'est ce que je dis tous les jours; et l'on prétend que je radote. De notre tems tout allait beaucoup mieux.

ADELE.

Sans contredit, les modes étaient décentes.

Madame DUPRÉ.

Tous les devoirs étaient remplis.

ADELE.

Les femmes s'occupaient de leur ménage.

Madame DUPRÉ.

Les jeunes gens étaient sages, mais polis. A présent ils ne font pas plus d'attention à une femme de cinquante ans, que si elle n'existait pas.

ADELE.

Il faut pour s'attirer leur hommage, être jeune, fraiche, jolie, élégante : ils n'ont pas le sens commun.

Madame DUPRÉ.

AIR : *Des portraits à la mode.*

Jadis l'amour se traitait gravement ;
On se mariait bien plus sagement,
Et d'une fille le discret amant
Ne faisait sa cour qu'à la mère.
De l'hymen lorsque je subis les loix,
De mes parens Dupré fut l'heureux choix,
Et je le vis pour la première fois
Quand nous fûmes chez le notaire.

ADELE.

Oui, on se mariait par convenance : c'était charmant.

Même Air.

Hélas ! en vain dès long-tems je le dis,
Rien ne se fait ici comme jadis.
Nos jeunes gens sont tous des étourdis,
Qui du plaisir suivent l'amorce.
On ne parle que de beaux sentimens.
Avant d'être époux on veut être amans ;
Mais trop souvent de ces tendres romans,
Le dénouement est un divorce.

Madame DUPRÉ.

Aujourd'hui tous nos jeunes éventés,
Bien parfumés, bien tondus, bien bottés,
Courent par-tout de beautés en beautés,
Mais sans qu'aucune les attache.
A leurs yeux de nos modernes Vénus
La mode offre les charmes presque nuds,
Et la raison, les mœurs et les vertus,
C'est ici tout ce qu'on nous cache.

ADELE.

Jeunes Beautés, abjurez cette erreur,
Consultez mieux l'instinct de votre cœur :
Il vous dira qu'en chassant la pudeur,
Le désir s'enfuit sur ses traces ;
Ne vous montrez que derrière un rideau ;
D'un dieu malin redoutez le flambeau.
Vous devez voir, puisqu'il porte un bandeau,
Qu'il aime à deviner les graces.

Madame DUPRÉ.

Votre manière de penser est si conforme à la mienne, qu'elle excite ma confiance. (*Elles s'asseyent toutes deux.*) Vous saurez, Madame, que je suis mère d'un de ces étourdis qui suivent toutes les folies du jour. Vous connaissez le jeune Armand ?

ADELE.

Hélas ! oui, Madame ; il est intéressant, bien fait, spirituel. Je ne lui connais d'autre défaut que d'être trop jeune, et d'avoir la tête un peu trop légère.

Madame DUPRÉ.

C'est cela même : vous le jugez comme moi ; j'aurais voulu pour son bien qu'il cherchât à épouser quelque femme riche, économe et mûre, qui le garantît par sa raison des écueils que rencontre la jeunesse ; mais par malheur, il s'est monté la tête pour cette jeune Adèle dont je vous parlais ; il ne veut vivre que pour elle, et prétend l'épouser en dépit de nous.

ADELE.

A qui le dites-vous, Madame ? J'ai fait inutilement tout ce que j'ai pu pour l'en détourner ; il m'inspirait le plus tendre intérêt, je suis riche, veuve et libre, j'espérais le guider, l'éclairer, l'attacher. S'il avait voulu partager ma fortune, je lui aurais appris l'art d'en jouir avec économie, et de l'augmenter avec intelligence. Ses parens, je l'espère, auraient approuvé un pareil choix ; mais, le petit volage, après m'avoir promis un tendre retour et beaucoup de docilité, a fait un coup de tête, et m'a presque tout-à-fait détaché de lui.

Madame DUPRÉ.

Ah ! Madame ! que vous m'affligez ! comme un pareil lien aurait été raisonnable et heureux. Que vous manquait-il donc à son avis ?

ADELE.

Le petit ingrat ne me trouvait pas assez à la mode; il aurait desiré, que sais-je! une vingtaine d'années de moins, une robe à la grecque, une perruque blonde, des cothurnes, un boguet; enfin, tout ce dont on raffole aujourd'hui.

Madame DUPRÉ. (*Elles se lèvent.*)

L'imbécile! je suis furieuse.

ADELE.

Et moi, je suis outrée.

Madame DUPRÉ.

De grace, calmez-vous, tout n'est pas encore perdu; le lien qu'il a, dit-il, contracté est nul, étant fait sans notre aveu, et nous arrivons exprès pour le rompre.

ADELE.

Vous me charmez; je suis ravie qu'il soit puni de sa légèreté; mais je suis trop piquée pour jamais penser à lui; j'étais folle de m'en occuper.

Madame DUPRÉ.

J'espère que vous ne conserverez pas toujours cette colère, et que s'il revient digne de vous, vous reprendrez des projets qui, je l'avoue, me conviennent infiniment.

ADELE.

Croyez qu'en tout point je me sentirai très-disposée à écouter les conseils d'une personne aussi sage que vous. Nous en causerons; mais il me vient une idée; Armand n'est pas ici; pour l'attendre plus commodément, prenez un logement dans ma maison.

Madame DUPRE.

J'accepte avec joie une offre faite si obligeamment.

(*Elles s'embrassent.*)

ADELE.

Venez donc, Madame, que je vous montre votre appartement; nous y ferons transporter vos paquets de votre auberge.

Madame DUPRÉ.

Votre honnêteté me charme, et m'inspire une véritable amitié. Il faut que mon fils soit fou pour ne pas sentir tout ce que vous valez.

ADELE.

Vous savez ce que je pense de lui: si je pouvais vous voir d'accord, je serais au comble de mes vœux.

(*Elles sortent en se faisant des complimens à la porte, et des révérences. Richard arrive et arrête Adèle.*)

SCENE XIV.

RICHARD ET ADÈLE.

ADELE.

QUE veux-tu?

RICHARD.

C'est mon jeune maître qui perd la tête, et qui veut à toute force vous voir.

ADELE.

Tâche de m'en débarrasser, tout serait perdu s'il paraissait ici. (*Elle sort.*)

SCENE

SCÈNE XV.

RICHARD ET ARMAND.

RICHARD.

C'EST bien dit, l'en débarrasser ? Par quel moyen ? L'amour n'entend pas raison, sur-tout lorsqu'il est malheureux. Le voici ; de grace, sortez.

ARMAND.

Mon pauvre Richard, il faut que je la voye, où que je meure.

RICHARD.

Vous ne mourrez, ni ne la verrez ; elle ne veut ni l'un ni l'autre.

ARMAND.

Dis seulement si elle pense à moi ?

RICHARD.

Sûrement, elle vous donne dans sa colère de jolies épithètes, elle vous maltraitera bien davantage si vous osez rester.

ARMAND.

Certainement, je resterai, je veux.... une explication.

RICHARD.

Oh ! vous vous voulez une explication ! j'entends quelqu'un qui arrive, justement, c'est votre père.

ARMAND.

Je me sauve.

RICHARD.

Et l'explication vous l'oubliez ! restez donc, vous avez un peu besoin de sermon.

ARMAND.

Je reviendrai quand je serai plus en état de les supporter. (*Ils sortent.*)

SCÈNE XVI.

DUPRÉ, *seul.*

PARBLEU, c'est une sotte chose qu'une ville de province ! Ce n'est pas de l'air ; c'est de l'ennui qu'on y respire. Tout le monde y va à pied ; on n'y voit point de voiture, et pas l'ombre d'un garick. Les costumes et les femmes y sont d'un antique assommant : d'honneur, ce n'est qu'à Paris qu'on voit des figures humaines.

Le portier m'a dit que mon fils était sorti, mais que la jeune Adèle était visible. Elle va sûrement se rendre ici. Je parie que c'est une petite personne bien gauche, bien maussade, bien provinciale.

AIR : *De la Camargo.*

Je la vois d'ici,
Elle est faite ainsi,
Corps étroit et bien long,
Jupon sur jupon,
Toupet retapé,
Manteau mal drapé,
Ton de voix glapissant,
Avec de l'accent.

Révérence
Et silence,

Fade compliment
Qui ment,
Beauté mince
De Province,
Voilà trait pour trait
Votre vrai portrait.

Epais embonpoint,
Manches jusqu'aux poings,
Petits yeux et grand nez,
Et pieds mal tournés,
Talent négligé,
Cerveau mal rangé,
Par maint vieux préjugé
Toujours engorgé.

Courant après l'esprit,
Sans cause elle sourit,
Et toujours écoute sans entendre
L'amant tendre
Qui croit prendre
Un cœur d'un grand prix
Que d'autres ont pris.

Tout homme de goût
N'a que du dégoût
Pour ces tristes sujets,
Ces fades objets.
Ce n'est qu'à Paris
Qu'il peut être épris;
Car Paris, des houris
Est le paradis.

Et je serais le beau-père d'une femme comme cela! Ça me ferait un tort irréparable. Ce sallon-ci cependant n'est pas trop mal meublé. Voilà un forté-piano: comment elle serait musicienne? Oh! je gage qu'elle chante quelqu'air de Rameau, avec un ton bien aigre, et des cadences perlées. En vérité, nos pères étaient de tristes mortels! Il est bien heureux pour nous qu'ils ne soient pas tous morts de consomption. Mais qu'est-ce que je vois? Une élégante ici à Strasbourg! Ça ne se peut pas.

SCÈNE XVII.

ADELE, DUPRÉ.

ADELE, *en élégante.*

COMMENT, à cette heure-ci, personne encore dans le sallon ! Ah ! pardon, je ne vous voyais pas.

DUPRÉ.

Elle est vraiment mise à merveille.

ADELE.

Me trompais-je ! Un homme d'une tournure agréable, à la titus, ici ?... C'est un phénomène.

DUPRE.

Je lui crois du goût. Je vous attendais avec une vive impatience, Madame.

ADELE.

Vous m'attendiez ? J'en suis vraiment surprise, n'ayant pas l'honneur d'être connue de vous.

DUPRÉ.

Vous trouverez très-simple que je cherche avec empressement à vous parler d'une affaire qui nous intéresse tous deux.

ADELE.

D'une affaire qui nous intéresse ? Est-ce une affaire importante, quelques fêtes nouvelles, quelques schalls d'un nouveau genre, quelques modes arrivées de Paris ? En ce cas-là, parlez vite, il n'y a que cela qui m'intéresse : toute autre affaire m'ennuie à périr.

DUPRÉ.

Que son aimable légèreté me plaît ? Non, c'est plus sérieux, ma parole, ce n'est pas une affaire de mode, car c'est une affaire de cœur.

ADELE.

Une affaire de cœur ! c'est assez joli, quand ce n'est ni trop approfondi, ni trop langoureux ; mais ce qui me paraît d'abord assez piquant, c'est que nous ayons à parler d'une affaire semblable sans nous connaître.

DUPRÉ.

Vous ne me connaîtrez que trop tôt.

ADELE.

Tout me dit que c'est une connaissance très-aimable à faire, et qui dissipera l'ennui, que me donnent nos tristes provinciaux.

DUPRÉ.

Elle est ravissante ! quel tact elle a !

ADÈLE.

Mais comment saviez-vous que j'étais venue chez Adèle ?

DUPRE.

Chez Adèle, quoi ! ce n'est pas à madame Adèle que j'ai l'honneur de parler.

ADÈLE.

Je suis une de ses amies, et je me nomme Fleurville.

DUPRÉ.

Pardonnez ma méprise ; mais parbleu, je suis charmé que vous ne soyez pas la personne que j'attends.

ADELE.

Le compliment n'est pas du tout galant.

DUPRÉ.

Plus que vous ne le pensez? je viens faire auprès de votre amie, une démarche qui lui déplaira sans doute, et en vous voyant, je sentais déjà, ma foi, qu'elle m'aurait infiniment coûté.

ADELE.

Vous savez que les femmes sont curieuses, et vous piquez ma curiosité; pourrais-je savoir quelle est cette démarche qui doit être si désagréable pour Adèle?

DUPRÉ.

Puisque vous êtes son amie, vous pouvez m'aider à la lui faire supporter. Je viens lui enlever un amant.

ADELE.

Fi donc enlever un amant! Mais en effet, c'est une noirceur qui ne se pardonne pas.

AIR: *Et rajeunir par la gaité.*

Sur votre agréable tournure,
Je vous jugeais tout autrement;
Car, vous n'avez ni la figure,
Ni la tristesse d'un pédant.
Peut-on croire qu'un homme aimable,
Nous vienne enlever nos amans!
Faire ce tour abominable,
C'est jouer le rôle du tems.

DUPRÉ.

Ecoutez-moi, vous êtes trop jolie pour n'être pas douce et raisonnable.

AIR: *Du ballet des Pierrots.*

La beauté par tout encensée,
Montre toujours de la douceur,
La laideur par trop délaissée,
Est souvent sujette à l'humeur.

Le froid ennui qui suit ses traces,
Aigrit son esprit et son ton,
Et c'est toujours auprès des graces
Que j'aime à chercher la raison.

ADELE.

Je ne sais pas si vous m'en trouverez beaucoup, elle est bien passée de mode; mais revenons à ce que vous vouliez me dire.

DUPRÉ.

Etant liée avec Adèle, vous devez connaître Armand.

ADELE.

Beaucoup.

DUPRÉ.

Je suis son père, et je viens lui déclarer que je ne puis approuver un lien que mon fils contracte avec elle, sans mon consentement.

ADELE.

Votre consentement, mais c'est un style de peu de comédie. Est-ce qu'on consulte ses parens aujourd'hui? ce n'est plus la mode; au fond, quel motif avez-vous pour empêcher ce mariage?

DUPRÉ

Mille.

ADELE.

Mille! c'est beaucoup. Vous ne connaissez pas Adèle?

DUPRÉ.

Non, mais je suis sûr d'avance qu'elle n'est pas comme je voudrais qu'elle fût.

ADELE.

Et comment faut-il donc être pour vous plaire?

DUPRÉ.

Comme il est très-rare qu'on soit ; comme vous, par exemple !

ADELE.

Vous êtes obligeant; mais que savez-vous ? peut-être elle est mieux que moi.

DUPRÉ.

Cela ne se peut pas. Je vois à votre air, à votre ton, au goût qui règne dans votre ajustement que vous venez de Paris. Une provinciale ne peut pas vous ressembler.

AIR: *Le lendemain.*

On ne connaît l'art de plaire,
Sur mon honneur qu'à Paris.
La grace vive et légère,
Ne se trouve plus qu'à Paris.
Les têtes à la romaine,
Ne brillent qu'à Paris.
Toutes les Grecques d'Athène
Sont à Paris.

ADELE.

Enfin, vous voulez que votre fils se marie pour vous, et non pour lui ; c'est de la bizarrerie, de la pédanterie, de la tyrannie ; je suis bien meilleure; que vous moi, je vous avouerai qu'Armand m'avait tourné la tête, mais il me préfère Adèle ; j'aurais pu leur susciter quelques obstacles, leur faire quelques scènes, enfin les tourmenter. Mais le bonheur et l'amour sont si rares, que j'ai juré de ne jamais les troubler quand je les rencontre, et ils durent si peu qu'on ne saurait trop se presser d'en jouir.

AIR : *Gusman disait à sa bergère.*

De l'amour la rose est l'image ;
Tous deux ont la même fraîcheur ;
Tous deux piquent, c'est leur usage.
La rose au doigt, l'amour au cœur.

Dès qu'on voit naître amour et rose,
Il faut promptement s'en saisir.
A peine éclos, à peine éclose,
Amour et rose vont mourir.

DUPRÉ.

Je n'ai jamais rien vu de plus aimable. Mais, Madame, je n'en reviens pas; mon fils est donc aveugle. Comment a-t-il pu être insensible à tant de graces, et vous préférer Adèle?

ADELE.

Si vous voulez le savoir, je vous dirai que la raison qu'il en donne est un peu folle. Il prétend que je lui plais beaucoup; mais qu'Adèle est plus simple que moi. Il me trouve, dit-il, trop recherchée, trop élégante, trop à la mode.

DUPRE.

Il est fou: c'est ce qui devrait le charmer.

ADELE.

Figurez-vous qu'il voudrait que je portasse des poches!

DUPRÉ.

Pas possible.

ADELE.

Il trouverait indécent que sa femme eût les bras et le cou à découvert.

DUPRÉ.

C'est incroyable!

ADELE.

Il raffollerait de moi, si j'étais sans cothurne et sans perruque.

DUPRÉ.

Il extravague.

ADELE.

Enfin, il ne voulait pas que j'eusse un ridicule, comme si on pouvait vivre sans ridicule aujourd'hui.

DUPRE.

Ma parole, c'est trop fort.

ADELE.

Pour lui plaire, moi, je ne voulais pas ressembler à ma grand'mère, et je l'ai abandonné à mon amie, qui partage tous ses goûts.

DUPRÉ.

Je l'aurais juré : ce serait le ménage le plus maussade, le plus bourgeois. Mais je ne le souffrirai pas : il ne sera pas dit que mon fils me fera perdre le bonheur d'avoir une belle-fille comme vous. Secondez mes efforts, je vous prie; je ne veux point de son Adèle; il ne sera jamais son mari. De grace, épousez-le pour l'amour de moi.

ADELE.

Quelle folie! vous voulez réveiller un sentiment auquel je ne pensais plus.

DUPRÉ.

Mais songez que l'obstacle qui vous séparait va être levé.

ADELE.

Je n'en crois rien; mais au reste, nous en reparlerons. Adèle ignore apparemment que vous êtes ici. Je vais la chercher.

DUPRÉ.

Arrêtez un instant.

ADELE.

Non, non, je reviendrai.

(*Elle sort.*)

SCENE XVIII.

DUPRÉ, *seul.*

Si mon fils n'épouse pas Madame de Fleurville, je l'abandonne, je le déshérite; c'est décidé. Une jeune beauté comme celle que je viens de voir, ramenera la gaîté chez moi, et me fera oublier les traces du tems. Mais elle n'est jolie que parce qu'elle est à la mode. La plus jeune femme, quand elle n'est pas à la mode, a soixante ans pour moi, et ne m'inspire que de l'ennui. Mais à propos d'ennui, voici ma femme.

SCÈNE XIX.

DUPRÉ, Madame DUPRÉ.

Madame DUPRÉ.

Enfin, mon cher ami, je suis aussi surprise que charmée : nous voilà donc d'accord.

DUPRÉ.

Oui, sur un point; et pour la première fois de la vie, c'est charmant.

Madame DUPRÉ.

Avez-vous vu cette Adèle?

DUPRÉ.

Non, mais c'est tout comme, et je ne puis la souffrir. Je la vois déjà, gauche, idiote et mal-adroite.

Madame DUPRÉ.

Je ne l'ai pas vue non plus, mais je la déteste. Je suis sûre que c'est une folle. Au reste, j'ai vu ici une autre femme qui avait aussi des droits sur Armand, et qui me conviendrait infiniment mieux à tous égards.

DUPRÉ.

Comment vous l'avez vue, et elle vous plaît ! vous me charmez ; je l'ai rencontré aussi tout-à-l'heure dans ce sallon, et elle m'enchante.

Madame DUPRÉ.

Mais vous êtes d'une raison aujourd'hui qui m'étonne.

DUPRÉ.

Votre goût se forme d'honneur ; il faut que je vous embrasse.

SCENE XX.

DUPRÉ, Madame DUPRÉ, MICHEL DUPRÉ.

MICHEL.

BRAVO ! bravo ! rien n'est plus pastoral ; je suis, ma foi, fort aise de vous voir si bien ensemble, et revenant à nos mœurs villageoises.

DUPRÉ.

Mon frère, ce jour-ci est un jour de miracle : en voici deux, non-seulement ma femme et moi nous sommes d'accord pour rompre le mariage de mon fils ; mais nous avons chacun trouvé tellement de notre goût une autre femme, qui a de justes droits sur lui, que nous voulons tous deux le ramener à cette aimable personne.

MICHEL.

Eh bien! il est encore un troisième miracle; c'est que j'ai vu comme vous ici, cette autre personne, qu'elle m'a intéressé, captivé tout-à-fait, et que je ne serai content que si elle devient ma niece et votre belle-fille.

DUPRÉ.

Vraiment cette rencontre est incroyable.

Madame DUPRÉ.

Je n'en reviens pas.

MICHEL.

Enfin, voici l'enfant prodigue; il est bien impossible qu'il nous résiste, puisque nous sommes d'accord, et trois contre un.

SCENE XXI.

ARMAND, ET LES PRÉCÉDENS.

ARMAND, *à part.*

Je suis pris. (*Haut.*) Vous voyez devant vous un coupable, qui vient animé du plus juste repentir, expier sa folle légèreté par un sincère aveu, et justifier celle qui en a été l'innocente victime : j'avoue donc un tort impardonnable, je vous ai écrit.

DUPRÉ.

Encore un miracle il se repent, tout lui sera pardonné.

Madame DUPRÉ.

Il revient à la raison, je n'ai plus de colère.

MICHEL.

C'est charmant ; viens, mon neveu, ta complaisance nous comble de joie.

ARMAND.

Que de bontés : quoi ! vous me pardonneriez, et Adele pourrait....

Madame DUPRÉ.

Ne parlons plus d'Adele, c'est une folle qu'il faut oublier ; nous savons tous tes secrets ; tu aimais une autre femme plus raisonnable ; reviens-y, nous approuverons ton choix.

ARMAND.

Que voulez-vous dire ? de qui voulez-vous donc parler.

MICHEL.

De la jeune fermière, de la naïve Claudine Dumont.

Madame DUPRÉ.

Et non, il est fou ; c'est de la respectable madame Dufour.

DUPRÉ.

Elle extravague ; je te parle de l'élégante madame de Fleurville, de la plus jolie femme que je connaisse.

ARMAND.

Je veux mourir si je connais une de celles que vous me nommé ; d'ailleurs, en vous avouant mes torts, je déclare que je n'aime et n'aimerai jamais qu'Adele.

Madame DUPRÉ.

Voilà sa folie qui lui reprend.

DUPRÉ.

Mais vous-même de qui voulez-vous parler ?

MICHEL.

Quel diable de nom nous avez vous dit, mon frère.

ARMAND.

Comment me serait-il possible de vous entendre, vous ne vous entendez pas vous-même.

DUPRÉ.

Finissons cette inutile querelle, je suis sûr qu'en offrant à ses yeux celle dont je parle, il rougira de son erreur et tombera à ses pieds.

Madame DUPRÉ.

Je le crois bien.

MICHEL.

Je n'en doute pas.

ARMAND.

Je ne vous comprends pas : mais je suis sûr qu'en voyant Adele, vous ne me désapprouverez plus.

SCÈNE XXII.

RICHARD, ET LES PRÉCÉDENS.

RICHARD.

Me voici.

DUPRÉ.

Prie madame de Fleurville d'avoir la complaisance de venir un moment dans le salon.

RICHARD.

J'y vais.

Madame DUPRÉ.

Dis à madame Dufour que je la conjure de venir me parler.

RICHARD.

Vous allez être obéie.

MICHEL.

Amène-moi promptement cette jeune fermière, la jolie Claudine Dumont.

RICHARD.

J'y cours.

ARMAND.

Mon cher Richard, vas trouver Adele, dis-lui que mes parens l'attendent; que je la supplie de paraître à mes yeux, qu'il y va du bonheur de ma vie.

RICHARD, *montrant Adèle.*

Place, place; tenez voilà les quatre personnes que vous demandez.

SCENE XXIII et dernière.

ADELE et LES PRÉCÉDENS.

QUATUOR du C. Wicht.

MICHEL.

DUPRÉ.

Madame

Madame DUPRE.
Ah! bon Dieu, qu'elle est ra-jeu-ni-e!
DUPRÉ.
Mais quel ha-bit et quel maintien!
MICHEL.
Mais quel ha-bit et quel main-
Mais quel ha-bit et quel main-tien! Mais quel ha-
tien. Mais quel ha-bit et quel main-tien. Mais quel ha-
bit et quel main-tien.
bit et quel main-tien.
ARMAND.
Qu'elle est belle, ai-mable et tou-chante! Je crois qn'ils
la trouvent char-man--- te.

Les autres ensemble.

ADELE.

C'est à moi à expliquer une surprise dont je suis la cause. J'avais à me plaindre de vous tous; vous m'avez condamné sans m'entendre, et vous m'avez dédaigné sans me connaître; j'ai cherché à vous plaire et à me plier à vos différens caractères : j'espère que vous me pardonnerez cette innocente vengeance. Vous, Armand, votre tort est plus grave ; je vous aimais, mais je vous avais déclaré que je ne serais jamais à vous sans l'aveu de vos parens ; vous les avez trompés ; vous m'avez offensée, ne comptez plus sur un cœur que votre légèreté vous rend indigne de posséder.

ARMAND.

Je suis perdu !

Madame DUPRÉ.

Je n'en reviens pas, mais je ne puis lui en vouloir ; je reconnais dans ce qu'elle dit la raison du bon vieux tems.

DUPRÉ.

Ma parole d'honneur, c'est merveilleux ; j'y ai été tout-à-fait attrapé ; comme elle a joué tous ses rôles ! mais malgré son changement de costume, je la trouve charmante, et je ne lui vois plus aucun tort.

MICHEL.

Ma foi, Adèle a toute la vertu de Claudine, et me raccommode avec la ville. Mon frère, si vous m'en croyez, nous conjurerons Adèle de pardonner à Armand, et de former le lien que nous voulions rompre.

ARMAMD.

Ah ! mon oncle, vous me rendez la vie. (*à Adèle :*) Serez-vous inflexible ?

ADELE.

Vous y consentez, je lui pardonne, et toute ma vie je chercherai plus sérieusement qu'aujourd'hui à prendre les formes qui pourront vous plaire.

ARMAND.

Je suis au comble de mes vœux.

DUPRÉ.

Nous sommes tous contens.

ARMAND.

Rien n'est impossible à la grace et à l'amour.

VAUDEVILLE.

Madame DUPRÉ, *unissant Adele et Armand.*

AIR *nouveau du C. WICHT.*

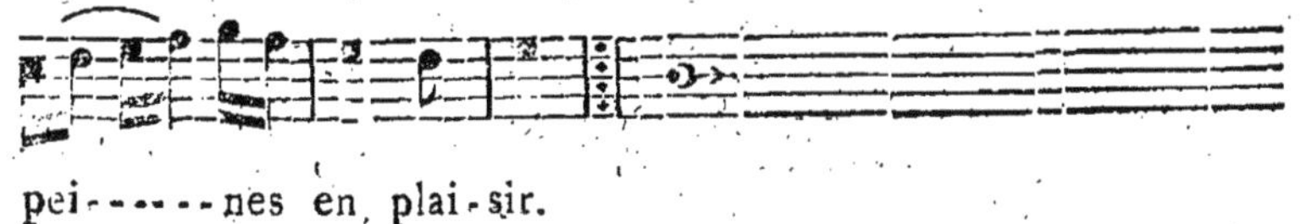

ARMAND.

Quand on aime à tout on se plie ;
Adèle a montré qu'à propos
La raison sait de la folie
Prendre le masque et les grelots.
Et moi je prouve, lorsque j'ose
Lui jurer d'être sage un jour,
Qu'il n'est point de métamorphose
Qui soit impossible à l'amour.

MICHEL.

J'ai vu l'esprit et l'élégance
Déposant leur éclat trompeur,
De nos champs prendre l'innocence,
Le simple habit et la candeur.
A mes yeux j'ai vu cette rose
Devenir bouton à son tour ;
Ce n'est pas la métamorphose
Que fait le plus souvent l'amour.

DUPRÉ.

Telle beauté qui se promène
Dans le wiski le plus brillant,
D'une Grecque ou d'une Romaine
Nous montre le luxe élégant.
Elle ne dit pas, et pour cause,
Ce qu'elle était auparavant ;
Mais en fait de métamorphose,
De nos jours on est bien savant.

ADELE.

Après avoir, pour être heureuse,
Changé de rôle à tout moment,
Adèle, inquiète et peureuse,
Craint encore votre jugement.
Mais faites-lui gagner sa cause,
Alors son cœur sera content ;
Et c'est une métamorphose
Que vous ferez en un instant.

FIN.

A PARIS, de l'Imprim. rue des Droits-de-l'Homme. N°. 44.

www.ingramcontent.com/pod-product-compliance
Ingram Content Group UK Ltd.
Pitfield, Milton Keynes, MK11 3LW, UK
UKHW021017180726
13838UKWH00004B/1567